Contents

Letter sound s

Join the dots to finish each picture.
Colour in the things that start with **s**.

Say S as in "sun".

silly
socks

six
seeds

soft
sand

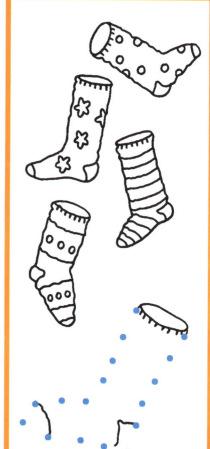

Can you think of other things that begin with **s**?

Letter sound a

Say **a** as in "ant".

All these words have the sound **a** in the middle. Say each word. Can you hear the **a** sound? Now colour in the pictures.

h**a**t

c**a**t

c**a**p

p**a**n

r**a**t

b**a**g

b**a**t

Well done! Give yourself a gold star!

Letter sound t

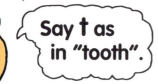

Say **t** as in "tooth".

Who's having tea? Draw circles around the things that begin with **t**.

Say "**t**ea, **t**oast and **t**omatoes".

Can you think of other things that begin with **t**?

Letter sound i

Say i as in "ink".

All these words have the sound **i** in them. Say each word. Can you hear the **i** sound? Now colour in the pictures.

kid

six

pin

pig

ink

fin

dig

Letter sound p

Say p as in "puppy".

A **p**ink **p**ig,
In a **p**arty wig,
Ate a juicy **p**ear
On a **p**urple chair.

Say the rhyme and colour in the picture.

Can you think of other things that begin with **p**?

Letter sound n

Say **n** as in "not".

Colour in the things that begin with **n**.

nine
nuts

a **n**ew
net

a **n**eat
nest

Good work!
Give yourself
a gold star!

9

s-a-t spells "sat".

All these words are made up of the letter sounds we have learned so far. Sound the first letter of each word, then the middle one, then the last one. Join the sounds up to make each word.

rip

pan

map

fin

sit

Well done! Put a sticker on the Coming Top chart.

Letter sounds c and k

Say **c** as in "car".

Colour in the things that begin with **c**.

a **c**runchy **c**arrot

a **c**razy **c**ow

a **c**uddly **c**at

Say "The **k**ing cuddles his **k**oala".

Letter sound **k** is the same. Say **k** as in "key".

11

Letter sound e

Say e as in "egg".

All these words have the sound **e** in the middle. Say each word. Can you hear the **e** sound? Now colour in the pictures.

r**e**d

p**e**t

h**e**n

n**e**t

b**e**d

w**e**b

p**e**n

Letter sound b

Say **b** as in "book".

Say the rhyme and colour in the pictures.

Baby **b**ear won't go to **b**ed.
"I want to **b**ounce about instead!"
But now the **b**irds no longer cheep,
It's **b**ye-**b**ye **b**aby, time to sleep!

Can you think of other things that begin with **b**?

Well done! Give yourself a gold star!

Letter sound r

What's that in the sky? Join the dots to find out. Colour in the picture. Then draw circles around the things that begin with **r**.

Say "**R**onnie the **r**obber **r**aced down a **r**ope off the **r**oof".

Say **r** as in "red".

Can you think of other things that begin with **r**?

14

Letter sound m

Say **m** as in "man".

Put a tick ✔ next to the things that start with **m**. Put a cross ✗ next to the things that don't start with **m**.

Can you think of other things that begin with **m**?

car ⬜

ring ⬜

milk ⬜

moon ⬜

map ⬜

pear ⬜

mouse ⬜

balloon ⬜

Say "**M**olly the **m**ouse **m**akes **m**usic at **m**idnight".

Good work! Give yourself a gold star.

Letter sound d

Say **d** as in "door".

Join the dots. Colour in the things that begin with **d**.

a **d**irty **d**uck

a **d**igging **d**og

a **d**izzy **d**inosaur

Say "**D**ina the **d**olphin **d**ives **d**own **d**eep".
Can you think of other things that begin with **d**?

Let's check our progress 2

All these words have letter sounds in the middle that we have learned so far. Sound the first letter of each word, then the middle one, then the last one. Join the sounds up to make each word.

p-e-t spells "pet".

bed

cat

car

10 ten

cap

mat

peg

pig

pen

Well done! Put a sticker on the Coming Top chart.

Letter sound g

Which things begin with the letter sound **g**? Draw a line between each one and the big letter **g**.

Say **g** as in "goal".

Say "**G**arth the **g**oose **g**oes **g**iddy in the **g**arden". Can you think of other things that begin with **g**?

Letter sound o

Say O as in "hot".

All these words have the sound **o** in the middle. Say each word. Can you hear the **o** sound? Now colour in the pictures.

mop

dog

dot

box

fox

log

Say "P**o**lly has g**o**t l**o**ts of d**o**lls in her b**o**x".

Good work! Give yourself a gold star.

Letter sound U

All these words have the sound **u** in the middle. Say each word. Can you hear the **u** sound? Now finish colouring in the pictures.

Say U as in "up".

bu**g**

bu**n**

n**u**t

cu**p**

bu**s**

hu**t**

su**n**

Say l as in "leg".

Say the rhyme and colour in the pictures.

Ladybird **l**ikes **l**eaves and **l**ettuce,
Leopard **l**oves **l**emon cake,
Lion **l**icks **l**arge **l**ollipops,
And **L**izard **l**ives on the **l**ake.

Can you think of other things that begin with **l**?

Good work! Give yourself a gold star.

Letter sound f

Put a tick ☑ next to the things that start with **f**. Put a cross ☒ next to the things that don't start with **f**.

Say **f** as in "foot".

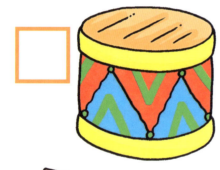

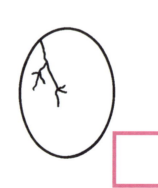

22

Say "**F**inn the **f**rog **f**ishes out **f**ive **f**orks".

Letter sound h

Say **h** as in "hen".

Who has come to the rescue? Join the dots to find out. Colour in the picture. Then draw circles around the things that begin with **h**.

Say "**H**enry the **H**ippo **h**owled, '**H**elp!'".

Can you think of other things that begin with **h**?

Let's check our progress 3

d-o-g spells "dog".

All these words are made up of the letter sounds we have learned so far. Sound the first letter of each word, then the middle one, then the last one. Join the sounds up to make each word.

bus

log

fan

hen

hat

sun

lid

bug

bag

Well done! Put a sticker on the Coming Top chart.

24

Letter sound j

Join the dots. Colour in the things that begin with **j**.

Say **j** as in "jam".

a **j**olly **j**ester

a **j**ug of **j**uice

just a **j**ellyfish

Say "**J**enny the **j**ester **j**uggles **j**ars of **j**am".

Letter sound Z

Say Z as in "zoo".

Which things begin with the letter sound **z**? Draw a line between each one and the big letter **z**.

Say "**Z**ippy the **z**ebra lives in the **z**oo".

Letter sound w

Say **W** as in "web".

A **w**izard met a **w**ild **w**olf,
He cast a **w**icked spell,
Now the **w**olf's a **w**iggly **w**orm,
That's all there is to tell!

Say "**W**ally the **w**izard **w**aves his **w**and".

Can you think of other things that begin with **w**?

Excellent work! Give yourself a gold star.

27

Letter sound V

Colour in the picture.
Then draw circles
around the things
that begin with **v**.

Say **V** as
in "van".

Can you think of
other things that
begin with **V**?

Say "**V**era's
van goes
vroom-**v**room!".

Letter sound y

Say y as in "yes".

Put a tick ✔ next to the things that start with **y**. Put a cross **X** next to the things that don't start with **y**.

Well done! Give yourself a gold star.

29

Say X as in "ox".

Which things end with the letter sound **x**? Draw a line between each one and the big letter **x**.

Say **qu** as in "quiz".

Colour in the things that begin with **qu**.

Can you think of any other things that begin with **qu**?

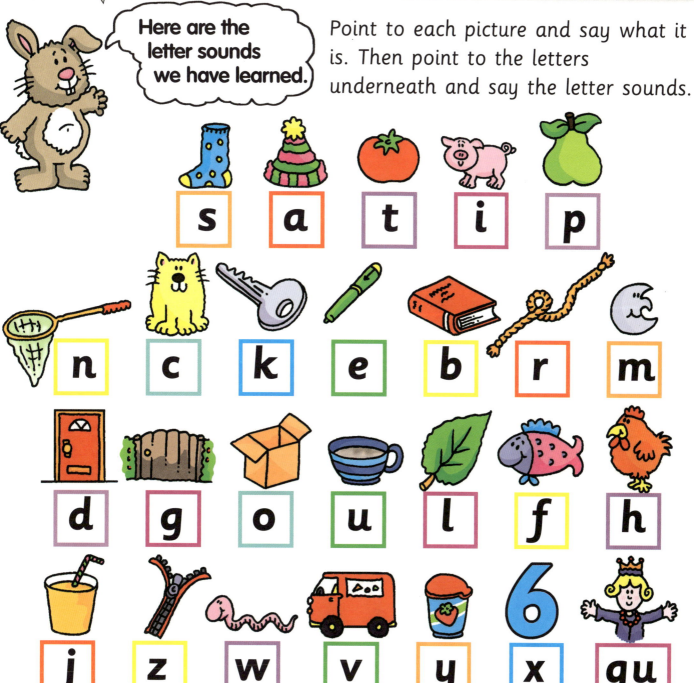

Here are the letter sounds we have learned.

Point to each picture and say what it is. Then point to the letters underneath and say the letter sounds.

s a t i p

n c k e b r m

d g o u l f h

j z w v y x qu

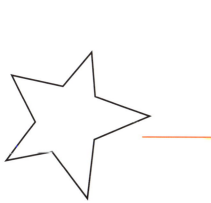

Congratulations! Put a sticker on the Coming Top chart.

Coming TOP CHART

Use your stickers and this chart to record your progress.